Para Ellen Duthie y Sebastián Vargas,
por la amistad y la generosidad en los días nublados.
Y para Stel·la, porque sí.
G. M.

Dedicado a Olga,
amiga, confidente, compañera de sueños, mi hermana.
M. A.

Edición a cargo de Elena Iribarren y Pablo Larraguibel
Diseño y dirección de arte: Irene Savino

Primera edición, 2018

© 2018 Germán Machado, texto
© 2018 Mar Azabal, ilustraciones
© 2018 Ediciones Ekaré

Av. Luis Roche, Edif. Banco del Libro, Altamira Sur. Caracas 1060, Venezuela
C/ Sant Agustí, 6, bajos. 08012 Barcelona, España

www.ekare.com

ISBN 978-84-948110-5-0
Depósito legal B.13909.2018

Impreso en China por RRD APSL

¡Baja de esa nube!

Germán Machado | Mar Azabal

Ediciones Ekaré

Todas las mañanas, cuando la leche se enfría
y se le forma una capa de nata,
mi madre me susurra al oído:

—¡Baja de esa nube, dormilona!

Entonces, interrumpo
mi conversación
con el oso canoso

y me tomo mi leche rapidito
para no llegar tarde al colegio.

Cuando la maestra revisa los cuadernos
y en mi hoja solo ve algunas rayas mal trazadas,
ella las mira con mala cara y me pide:

—¡Baja de esa nube, distraída!

Entonces, paro de tejer
con la oveja miope

y copio deprisa las palabras
que están en la pizarra
para poder salir al patio.

Cuando llega mi turno de saltar a la cuerda
y los niños de la ronda comienzan a cansarse,
todos me reclaman a una sola voz:

—¡Baja de esa nube, despistada!

Entonces, suelto la carga
que llevo sobre la espalda, abandono
a las hormigas porteadoras

y me pongo a saltar a mi aire, ligera.

Cuando vamos a merendar a la plaza Mayor
y el camarero tamborilea impaciente sobre la mesa,
mi padre rezonga con dulzura:

—¡Baja de esa nube, pajarita!

Dejo, entonces,
que el rinoceronte barrigón
termine su café

y pido una chocolatada y un pastel de manzana,
siempre lo mismo, para no demorarme más.

Cuando me baño por la noche
y el espejo se cubre de una niebla espesa,
mi hermana se asoma por la puerta
y relincha enojada:

—¡Baja de esa nube, niñata!

Entonces, suelto las riendas
del caballito de mar,
me despido
de los peces voladores

y cierro el grifo para que
mi hermana pueda pasar.

Cuando llega la hora de acostarse,
y mi madre me da un beso y apaga la luz,

sin que nadie me vea
saco la escalera
que tengo bien guardada
debajo de mi cama
y trepo por ella. Entonces...

... converso con el oso,

tejo con la oveja,

trabajo con las hormigas,

saludo al rinoceronte y

nado con el caballito de mar.

En lo alto de la noche
ya no oigo a mi madre,
a la maestra, a los niños del colegio,
a mi padre ni a mi hermana.
Solo escucho los murmullos
que entre nubes
son un canto.

Y así termina esta historia
que vuelve a comenzar cada mañana,
cuando la escalera está de nuevo en su escondite
y mi madre me susurra al oído:

—¡Baja de esa nube, soñadora!